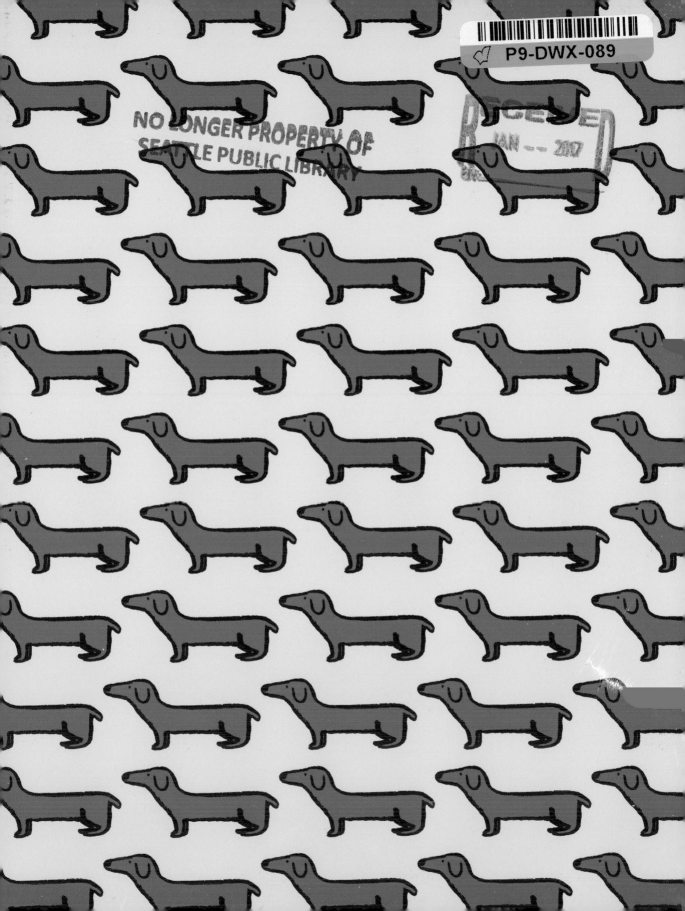

Para Sarah
J.J.

Título original: Ralf

© Jean Jullien & Gwendal Le Bec, 2014
    Publicado con el acuerdo de Comme des géants inc.,
    6504, Av. Christophe-Colomb, Montreal (Quebec) H2S 2G8, Canadá.

Los derechos de traducción han sido adquiridos mediante
VeroK Agency, España

© de la traducción española:
    EDITORIAL JUVENTUD, S. A., 2015
    Provença, 101 - 08029 Barcelona
    info@editorialjuventud.es
    www.editorialjuventud.es

Traducción de Elodie Bourgeois

Primera edición, 2015

ISBN 978-84-261-4188-0

DL B 3202-2015
Núm. de edición de E. J.: 12.923

Printed in Spain
Grafilur, Avda. Cervantes, 51 - 48970 Basauri (Bizkaia)

Ralf.

Jean Jullien

Idea original e ilustraciones
Jean Jullien

Colaboración en el argumento y el texto
Gwendal Le Bec

Editorial EJ Juventud
Provença, 101 – 08029 Barcelona

Ralf es
un perrito...

... que necesita mucho espacio.

Se mete en la cama y ladra:

«¡Buenas noches!»

Cuando lo echan,
se va a dormir a otro sitio.

Pero rara vez acierta un buen lugar.

«¡Ralf, no te pongas en medio!»,
le están gritando siempre.

Pero Ralf
no lo hace
a propósito.

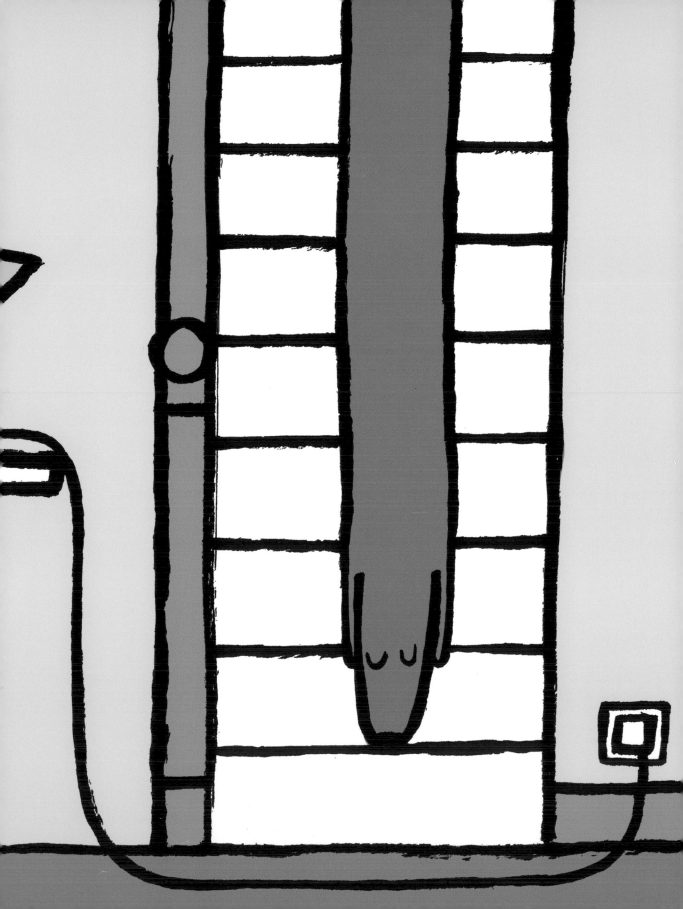

Su cuerpo es muy largo
y se enreda por
todas partes.

A papá le pone muy nervioso.

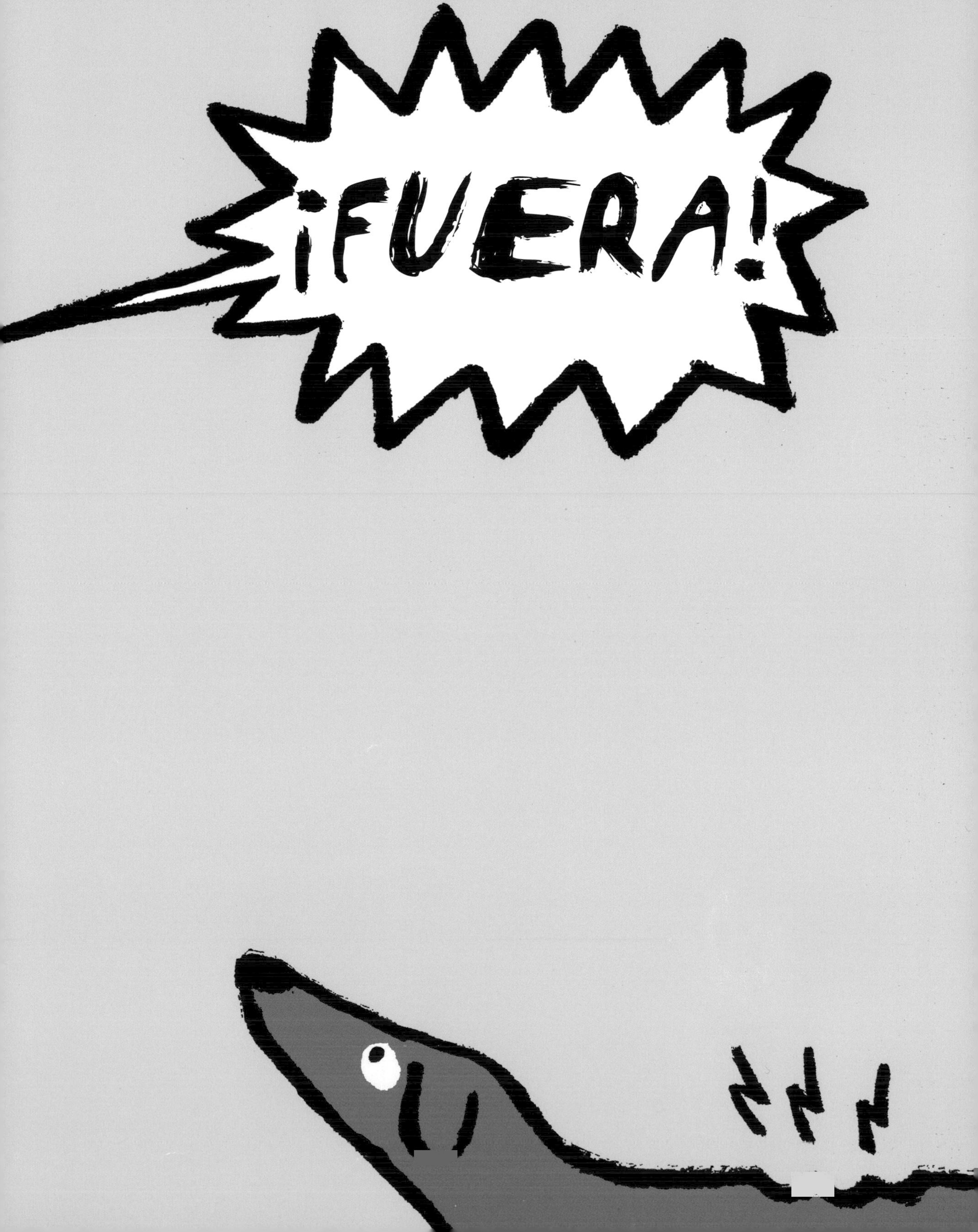
¡FUERA!

Tal vez demasiado tranquilos....

¡Snif! ¡Snif!
Un olor a humo
le pica la nariz.

¡Rápido! Ralf corre a ver qué pasa.

«¡Ay!»
Sus cuartos traseros
se han quedado atrapados
en la trampilla de la puerta.

Si no hace nada,
¡se incendiará la casa!

Ralf tira con tanta fuerza
que su cuerpo empieza a alargarse.

¡Imposible!
Duermen como troncos.

Ralf corre
a buscar ayuda.
Su cuerpo se estira
como si fuese
de goma.

«¡Se está quemando mi casa!»,
ladra al bombero.

¡Nii-noo, nii-noo!
Los bomberos acuden
inmediatamente.

—¡Bajen por el lomo de su perro!

¡Fiu!
En un santiamén,
toda la familia
ha salido de la casa
en llamas.

Ralf es ahora
un perro
muy y muy
largo....

–Pero no importa, ¡construiremos una casa más grande!

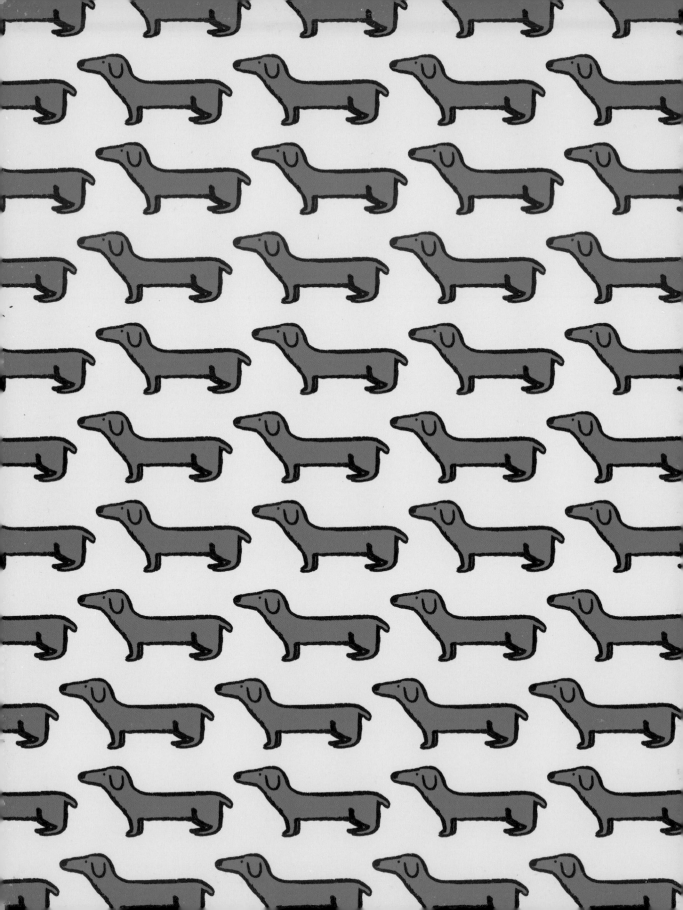